DISNEY·PIXAR

海底奇兵

精選故事集

·成長突破篇·

新雅文化事業有限公司

www.sunya.com.hk

海底奇兵精選故事集
成長突破篇

作　　者：Laura Driscoll, Bonita Garr, Elizabeth Rudnick
繪　　圖：Disney Storybook Art Team
翻　　譯：高君怡
責任編輯：黃偲雅
美術設計：許鍩琳
出　　版：新雅文化事業有限公司
　　　　　香港英皇道 499 號北角工業大廈 18 樓
　　　　　電話：(852) 2138 7998
　　　　　傳真：(852) 2597 4003
　　　　　網址：http://www.sunya.com.hk
　　　　　電郵：marketing@sunya.com.hk
發　　行：香港聯合書刊物流有限公司
　　　　　香港荃灣德士古道 220-248 號荃灣工業中心 16 樓
　　　　　電話：(852) 2150 2100
　　　　　傳真：(852) 2407 3062
　　　　　電郵：info@suplogistics.com.hk
印　　刷：中華商務聯合印刷（廣東）有限公司
　　　　　廣東省深圳市龍崗區平湖街道鵝公嶺春湖工業區 10 棟
版　　次：二〇二三年七月初版
版權所有‧不准翻印

DISNEP·PIXAR

海底奇兵

發光魚

◆ 勇敢無畏 ◆

「Mo 仔，記得萬事要多加小心，要聽老師的話，不要到危險的地方去！」 小丑魚馬倫邊叮囑邊擁抱兒子。馬倫和藍刀鯛多莉正打算目送 Mo 仔上學。

「好的！」Mo 仔大叫道，「我會的……當你捨得放開手以後。」

此時，馬倫才發現自己還在依依不捨地抱着兒子。

「噢，不好意思！祝你今天過得愉快！」馬倫笑着說，然後他便鬆開雙手。

　　Mo 仔興奮地游到魔鬼魚雷老師的背上，跟其他學生聚在一起。「再見，爸爸！」Mo 仔回頭叫道，「再見，多莉！一會兒見！」

　　Mo 仔跟他的朋友蝴蝶魚泰迪、傘章魚珍珠和小海馬東東一樣，都喜愛上學。雷老師有着把一切事物都說得有趣的本領，大家怎能不喜歡上學呢？

他們一行人浩浩蕩蕩地出發了！雷老師通常會載着他的學生一起探索整個珊瑚礁，Mo 仔跟他的同學便能近距離觀察不同種類的海洋生物。

這天，雷老師帶着他們前往海底的空地上。

　　到達後，雷老師對學生們說：「好了，冒險家們，該是時候讓你們獨自到處探索了！你們每一個都去找找看，把一個貝殼帶回來，然後我們一起來辨識他們吧！」

　　這羣年輕的小魚慢慢散開了：Mo 仔在珊瑚底下尋找；珍珠在海藻的縫隙中探索；東東在海牀的沙子裏搜尋。

　　「嘿，大家！」第一個找到東西的泰迪大喊道，「來看看這個！」

　　Mo 仔、珍珠和東東立刻游去泰迪的所在位置。他
們圍在一起，好奇地研究着他鰭上捧着的發光白貝殼。

　　「好厲害啊！」東東禁不住脫口說道。

　　「太漂亮了！」珍珠讚美道，「你在哪裏找到
的？」

　　泰迪指向一個洞穴，興奮地說：「在洞口那邊，
也許還有更多貝殼在裏面呢！」說畢，他便快速地向洞
穴入口游過去。

　　「太好了！」珍珠一邊跟着他一邊說，「我還沒
有找到呢，一起進去吧！」

「等等我！」東東大叫道。

「Mo 仔，你也要來嗎？」

「我不去了，你快跟上他們吧。」Mo 仔回答他說，他想自己去找一個與眾不同的貝殼。

　　過了幾分鐘後，Mo 仔聽到洞內傳來奇怪的聲音。
他抬起頭來，正好看到東東、泰迪和珍珠害怕地一邊
尖叫一邊從洞穴爭先恐後地衝出來。

　　Mo 仔好奇地問他們：「怎麼了？是遇見梭魚了？
還是鰻魚？」

　　「不，是更可怕的東西！」東東驚魂未定的搖了
搖頭，「是……是一條幽靈魚！」

　　「哦，好吧。」Mo 仔淡然地回答，然後他注意到
泰迪的鰭上空空如也，便問道：「咦？泰迪，你剛才
找到的貝殼呢？」

「啊，糟了！我本來打算把它送給媽媽的……」泰迪往自己的鰭看去，果然漂亮的貝殼已經不在了。然後，他轉頭看向洞穴，不安地說：「我一定是把它掉在裏面了……但我不會回去的！我不想跟那條可怕的幽靈魚待在一起！」

「別擔心，」Mo仔對他說，「我會幫你找到貝殼的。」

勇敢的 Mo 仔獨自游進洞穴去了。

「你看，根本沒什麼可怕的。」

他在心裏默默地鼓勵自己。游到要拐彎的地方時，Mo 仔嚇得停下來了！他看見洞穴牆上有一個巨大、奇怪的影子！

Mo 仔深深吸了一口氣，向對方打招呼：「呃，打擾一下，請問是幽靈魚先生嗎？或是幽靈魚小姐才對？」

「什麼？幽靈魚！」對方用微弱的聲音請求道，「它在哪裏？請不要讓它抓到我啊！」

這條戰戰兢兢的「幽靈魚」聽起來並不是很嚇人，於是 Mo 仔慢慢游近這個影子，問道：「你害怕幽靈魚嗎？」

「是啊！誰會不害怕呢？」這把聲音的主人驚慌地哭訴着。Mo 仔隨着聲音游過去，只見蜷縮在岩石角落的一條小魚。原來，對方根本不是什麼幽靈魚！因為他身上散發出柔和的橙光，當他的光芒照射着一塊形狀奇怪的珊瑚，才會在洞穴牆上形成一個詭異的影子！

真相大白之後，不再害怕的 Mo 仔友善地跟他打招呼：「噢，你好啊！」

　　聽見 Mo 仔的聲音，這條會發光的小魚嚇了一跳，快速地游到另一塊岩石後面躲起來了。然後，他膽怯地偷偷看向 Mo 仔。

　　「不要害怕，」Mo 仔笑着安慰他說，「我只是一條小魚——跟你是一樣的。我叫 Mo 仔。你叫什麼名字？」

　　對方小心翼翼地游出來，介紹自己說：「我是艾迪。」他仍然把眼睛睜得大大的，緊張兮兮地問：「這裏真的沒有幽靈魚？」

　　Mo 仔大笑着回答他說：「我以為你是幽靈魚呢！」他向艾迪解釋了這件趣事的來龍去脈。

「對了，」Mo 仔問艾迪，「你為什麼會發光的？」

艾迪聳聳肩，回答說：「我就是會發光，我的族羣都會發光的。」

Mo 仔想起一位會更了解艾迪發光原因的專家：雷老師！於是，Mo 仔邀請艾迪去跟他的老師和朋友見面。他們結伴從洞穴裏游出來，兩條小魚還在為他們倆相遇的經過笑個不停。

「你真的以為我是一條幽靈魚？」艾迪被這個誤會逗笑了。

Mo仔帶着艾迪游去找回他的老師和朋友，「對不起，我沒有找到你的貝殼。」Mo仔對泰迪說，「但我確實找到了你所說的『幽靈魚』！」

　　然後，Mo仔向雷老師和朋友們介紹艾迪，並跟大家講述了他們在洞穴裏相遇的故事。沒過多久，Mo仔的朋友們都對眼前這條發光的小魚很好奇，大家都想更加了解艾迪呢！

　　「艾迪，你能發出不同顏色的光嗎？」珍珠問。

「為什麼水不能熄滅你身上的燈？」泰迪問。Mo
仔很想知道是什麼原理能讓艾迪可以在海裏發光，於是
他向雷老師請教。

「這是個好問題，Mo仔。」雷老師回答他說，「你
看到艾迪下巴的側面有些小斑點嗎？這些小斑點裏就
藏着能在黑暗中發光的微生物。你看到艾迪發光，其實
是看到了那些微生物在發光。」聽到老師的解說，大家
都對艾迪身上的發光斑點十分驚歎。

艾迪很開心認識到新朋友，他禮尚往來地邀請全班同學進入洞穴，跟他那些會發光的家人、朋友們見面！在漆黑中發光的魚羣，Mo 仔認為這是自己見過最美麗的東西呢！

　　可是，在他的腦子裏，仍然有一件事讓他耿耿於懷。

　　「雷老師，」Mo 仔難為情地對老師低聲說，「我沒有完成作業……我的意思是，我沒有找到貝殼。」

　　「沒關係，Mo 仔。」雷老師笑着說，「我認為今天你在探索中，已經取得甲等的成績了！」

Disney · PIXAR

海底奇兵2
FINDING DORY

多莉，一起
玩捉迷藏！

◆ 再接再厲 ◆

放學後，便是孩子們的遊戲時間！
Mo 仔相約爸爸馬倫、多莉、多莉的父母和同學們一起玩捉迷藏遊戲。他們猜拳來決定誰來負責抓人，怎料多莉猜輸了！於是，多莉便負責抓人。

　　遊戲開始，多莉開始慢慢倒數，其他朋友馬上游去尋
找藏身的地方。

　　「一……二……三……嗯……四……嗯……」健忘的
多莉閉上眼睛迷糊地數着。

當多莉睜開眼睛時，她已經忘記了自己為什麼在倒數！
「嗯？我剛才在做什麼呢？糟了，我又遺忘事情了！」
多莉一邊游來游去，一邊自言自語地仔細回想着，「做間諜嗎？不，我為什麼要那樣做？要偷偷潛行嗎？不，那是不可能的……」

「哦！我記起了！」她驚叫，終於想起了
自己正在玩捉迷藏，於是馬上前行去找大家。

當多莉游到 Mo 仔和馬倫用來躲藏的海葵時，她已經忘記了自己為什麼游過去。一種熟悉的感覺告訴她不應該走得太近，但她記不起為什麼了……

「記起來了！我不該碰海葵，我曾經被它們刺到很痛！」多莉驚叫道。

當她走遠時，馬倫和 Mo 仔慢慢地從海葵中探出頭來。「爸爸，多莉去哪裏了？」Mo 仔問，「剛才她差點兒就發現我們了！」

「我覺得她不會找到呢……」馬倫無奈地說。

「咦，我又在做什麼？」走着走着，多莉又忘記自己正在做什麼。

她努力回憶，但還未想起來的她只能默默地在朋友身邊游過，使她一條魚也找不着。

「我躲藏的位置選得太好了。」多莉游到遠處後，珍珠對東東小聲地說。

「是呢！我真喜歡玩捉迷藏！」東東低聲回應道。他們不知道多莉的健忘症又發作了！

迷糊的多莉甚至從雷老師的身邊游過了呢！她看到一大塊沙地，便游過去堆沙和玩耍，完全看不到雷老師正躲在沙子下面！

「不對！我不該繼續玩沙子了⋯⋯怎麼辦？我又不小心分心了！」多莉懊惱地想着，她決定靜下心來，聚精會神地回想自己正在做的事情。

　　「對了！我不是在玩捉迷藏嗎？」多莉驚叫，她終於想起要去找躲起來的朋友。於是，她又馬上前進。

我來抓你們了！

多莉看見紅色的八爪魚，便笑着說：「咦？哇！那傢伙看起來很像阿亨！」

「阿亨是什麼顏色的？黃色？粉紅色？好像不對呢⋯⋯」

　「是藍色？」多莉繼續向前游着，當多莉靠近阿亨時，阿亨把自己融入周圍的環境中，讓多莉找不着。

　　最後，多莉還是游走了，繼續去找其他朋友。阿亨自言自語地說：「差一點就被發現了。」

　　但是當多莉游過大堡礁時，她又被美麗的景色弄得分心了，完全沒有發現躲在海藻後面的白鯨比利。

砰！

多莉聽見附近有一聲巨響，嚇了一大跳：
「噢！那是什麼聲音？」

原來，鯨鯊沙沙妹聽見多莉游過來了，於是
馬上伏在海牀上，這樣的動作引起了一聲巨響。
可是，多莉發現了一塊美麗的紫色貝殼，大意地
從沙沙妹的身上越過去了！

「我媽媽喜歡貝殼！」她自言自語地說，「我可以把這個送給她！但我好像已經有些時間沒見到父母了。嗯⋯⋯我好像也沒見到我任何的朋友⋯⋯他們到底去哪了？」

　　就在那時，多莉終於記起她在跟朋友玩捉迷藏……但她忘了自己是負責抓人的！

　　「呃，對了！我應該快點躲起來！」她緊張地說，找了個洞穴藏起來。

　　多莉的父母查理和珍妮剛好在附近躲起來，他們看着多莉游進洞穴，以為多莉進去找藏起來的伙伴們。結果，多莉一直都沒有出來。

　　幾分鐘後，多莉的父母開始擔心起來。

他們決定放棄遊戲，去看看他們的女兒。幸運的是，他們馬上就發現多莉了。

　　「寶貝，你在幹什麼呢？」查理問道。

　　「爸媽，我們不是在玩捉迷藏嗎？我找到這個很棒的藏身之處，進來吧！我可以騰出空間的，你們都一起躲進來吧！」多莉告訴他們。

　　「但是，親愛的……」珍妮想向多莉解釋情況，但還沒來得及說明，多莉便衝向洞穴裏去了。

阿亨和雷老師正游過山洞，多莉也想幫他們躲起來。

「但是，多莉……」雷老師還沒來得及說話，多莉就看到她更多的朋友正游過來，多莉又再向他們招手。

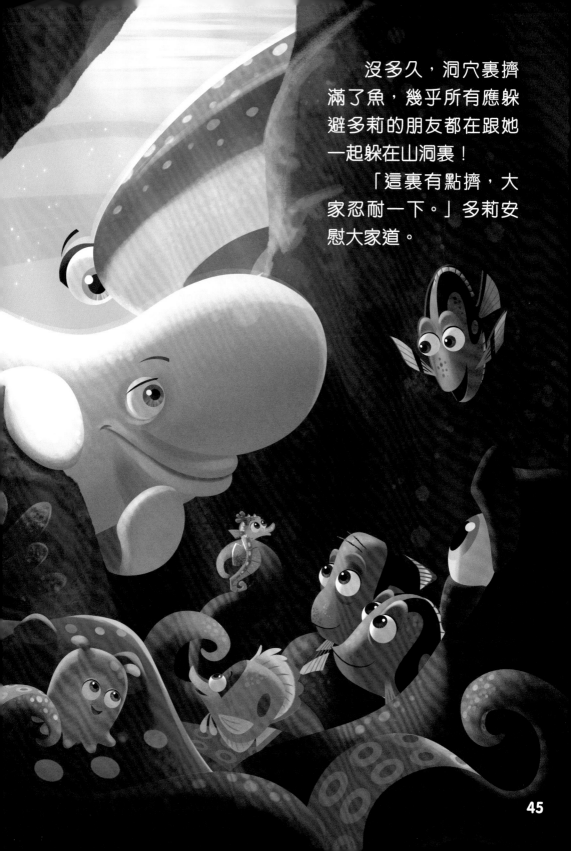

沒多久，洞穴裏擠滿了魚，幾乎所有應躲避多莉的朋友都在跟她一起躲在山洞裏！

「這裏有點擠，大家忍耐一下。」多莉安慰大家道。

最終，Mo仔和馬倫游近山洞，發現其他朋友竟然跟多莉待在一起！

Mo仔問：「你們在做什麼？」

「Mo仔！我們⋯⋯嗯⋯⋯」多莉支吾以對。

　　「我們在玩捉迷藏呢！」朋友們哭笑不得地替她說道。

「但是多莉，你是負責抓人的呢！你應該去找我們的。」Mo 仔向多莉解釋情況，大家慢慢從洞穴裏游出來。

「哦！我明白了……那，我找到你了！」俏皮的多莉耍賴道。

見狀，馬倫忍不住大笑，並提出了一個解決方案：「我們來玩『老鷹捉小雞』吧。」

49

「玩什麼都不要緊，最
緊要是跟朋友在一起呢！」
多莉高興地說。

Disney · PIXAR

海底奇兵

夜間遊戲

◆ 冒險精神 ◆

這天下午，Mo仔正興高采烈地跟章魚朋友珍珠玩耍，他們倆在海牀之間你追我逐，玩得樂而忘返。

　　「抓到你了，現在換你來抓我了！」珍珠碰到Mo仔的背部時，咯咯地笑說，「你肯定抓不到我！」

　　Mo仔努力地拍動魚鰭，趕忙地追着珍珠。他們途中穿過了海牀的邊緣，當Mo仔快要抓到珍珠時，他發現有個龐大的東西正在他們的眼前。

　　「那是什麼？」Mo仔問道，用鰭指着珍珠身後的地方。

　　Mo 仔看不清眼前的是什麼東西，被這些隱若可
見的東西吸引過去。

　　「等……等等我！」珍珠大叫。

　　「原來是巨大的海草牀！」Mo 仔越游越近，終
於看清眼前的事物。海牀上彷彿是由綠色海草和紅色
海草組成的巨大迷宮，有些海草茂密得無法游進去，
有些地方則形成了一些小空間。

　　珍珠和 Mo 仔以前從來沒有見過如此巨大的海草
牀！

「這看來是個完美的捉迷藏地點！」Mo
仔對珍珠說，「你想在這裏玩捉迷藏嗎？」
　　珍珠緊張地環顧四周，發現大海漸漸變
黑了。

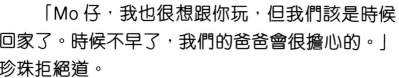

「Mo 仔，我也很想跟你玩，但我們該是時候回家了。時候不早了，我們的爸爸會很擔心的。」珍珠拒絕道。

Mo 仔同意珍珠所說的，他們應該回家了。

Mo 仔回去他的海葵小家，他的父親馬倫的確在等他歸家呢。他們吃過晚飯後，Mo 仔告訴爸爸跟珍珠玩耍時發現巨型海草淋的事。

　　「那聽起來像是一個有趣的地方，」馬倫哄着兒子，「但我們現在該睡覺了。」

　　「哎，爸爸！」Mo 仔抗議道，「我能待會兒再去睡嗎？」

　　馬倫搖了搖頭，說：「兒子，去睡覺吧。」

Mo 仔躺在牀上，然後閉上眼睛。他嘗試對自己講一個長篇的睡前故事，還故意去想一些無聊的事情，例如上數學課。他甚至在心裏默默數海豚，但是他仍然無法產生睡意。

最後，Mo 仔還是起來了。他對父親說：「爸爸，我真的睡不着。我試過不同的方法了，但我還是做不到，所以我想…….」

馬倫抬起頭看着兒子，他能猜到兒子的心裏在想什麼。

「Mo 仔，你想做什麼？」馬倫問他。

Mo 仔禁不住想起自己今天的新發現。

「我們現在應該一起去海草淋視察！這樣便可以確保那裏是安全的，那麼我明天就可以跟我的朋友一起去那裏玩了！我保證，我們回來後，我會馬上去睡覺，好嗎？」Mo 仔向馬倫請求道。

馬倫聽見兒子的懇求，覺得視察海草淋也是個好主意。「好吧，」他答應道，「讓我們去看看你的新發現吧。」

「太好了！」 Mo 仔一邊喊一邊興奮地翻身，「我們走吧！」

　　當馬倫和 Mo 仔在穿過漆黑的珊瑚礁時，感到不寒而
慄的 Mo 仔慶幸有父親陪伴他一同前往目的地。

　　Mo 仔眯着眼睛努力地尋找早上發現的巨型海草牀，
但在黑暗中不可能看得見任何東西。

　　「兒子，」馬倫疑惑地問，「你確定海草牀是離家這
麼遠的嗎？」

　　其實，Mo 仔並不能確定，因為在漆黑之中難以辨別
方向。他們找了一段時間，還是沒有發現，Mo 仔打算要
放棄了。

當 Mo 仔準備打道回府，他看到了遠處有些光。這些光點越來越近，越來越亮。直到光點照亮了 Mo 仔和馬倫四周的海，Mo 仔才看見燈光中間的，是他生平見過的最奇怪的魚。

這條魚的眼下方發出明亮的光，彷彿是漆黑海洋中的一盞明燈。

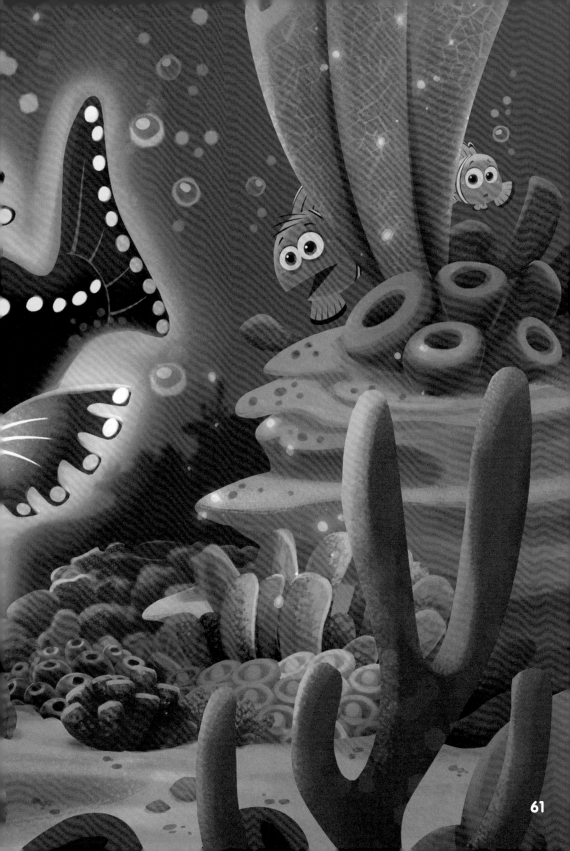

「你好，我是……我是 Mo 仔。」不確定對方是什麼生物的 Mo 仔結結巴巴地向他打招呼。

「你好！」 那條奇怪的魚回應道，「我是魯文。」

「魯文，很高興認識你，我是 Mo 仔的爸爸。」在一旁的馬倫跟他自我介紹，然後好奇地問道：「我們好像以前從來沒有在附近見過你呢，你是從哪裏來的？」

　　魯文輕輕擺尾，身上發出的光芒也隨着晃動。「我和我的家人都是夜行動物。」她解釋道，「我們只會在晚上游泳和玩耍，而其他種類的魚都在睡覺，所以我們不曾相遇呢。」

　　「爸爸和我也正在夜行呢！」Mo仔興奮地問，「我正在尋找下午發現的一片巨型海草牀。你知道它在哪裏嗎？」

　　「我當然知道！」魯文說，「那就是我住的地方啊，你們跟我來吧！」

魯文帶着 Mo 仔和馬倫游到海草淋上，並跟他們介紹自己的居住地。她邀請 Mo 仔說：「你要不要跟我一起玩遊戲？」

　　「好的！」 Mo 仔十分開心地說，「爸爸，我們可以去玩一會兒嗎？求求你！」

　　見 Mo 仔如此雀躍，馬倫點了點頭答應了。

「你們就在這邊較空曠的地方玩吧。」馬倫叮囑兒子說，「我去附近看看。」

當孩子們在玩耍時，馬倫打算獨自探索海草林，以確保這裏是安全的。在開始巡邏之際，他聽見兒子默默地從一百開始倒數。

「不准偷看啊！」馬倫聽到跟 Mo 仔玩捉迷藏的魯文大聲說道，然後便聽到魯文游去遠處，尋找藏身的地方。

馬倫出發了，沿路穿過茂密的、紅紅綠綠色的海草迷宮。他不經不覺地越過了海草牀，忽然間才意識到四周變得十分黑暗和安靜。在這裏，他沒能聽到 Mo 仔的聲音，也再沒能看到魯文發出的光芒了！

　　馬倫四處盤旋，嘗試辨別方向。然而，他不知道自己到哪裏去了！四處都是一模一樣的海草，他知道自己迷路了！

　　「Mo仔！」他緊張地呼喊道，「Mo仔！你在哪裏？」可是，他始終沒有聽到回應。馬倫拍動着雙鰭，試圖找尋回去的路。

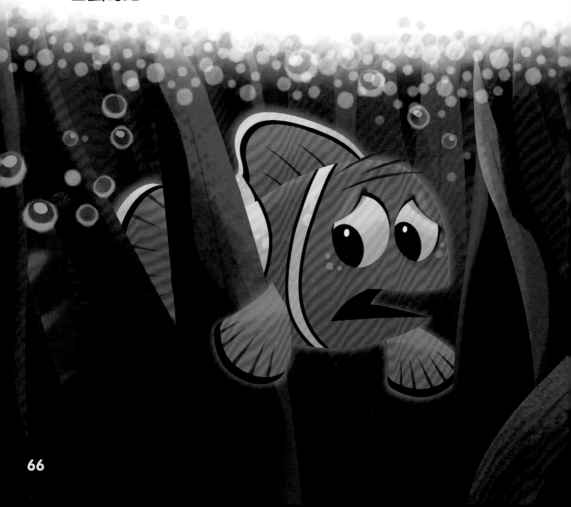

　　就在馬倫驚慌地以為自己會永遠被困在海草牀上時，他發現遠處有一束微弱的光線。

　　雖然不確定是否安全，馬倫還是朝着有光的方向游去。他慢慢地穿過了海草，終於順利地回到空曠的海域，並在那裏找到了 Mo 仔和魯文。

　　馬倫終於能鬆一口氣。

　　「爸爸！」Mo 仔擔心地說，「你剛去了哪裏？我們剛剛找不到你，很擔心呢！難道你不知道獨自在黑暗中游泳是多麼的危險嗎？」

　　馬倫笑笑說：「幸好我有相信自己的直覺！」
Mo 仔給爸爸一個大大的擁抱，並說：「我很高興
能找到你呢，爸爸！」度過虛驚一場，他們倆一起
向魯文道句晚安，便起行回家去。

　　當他們快要到家時，馬倫打了個呵欠。

、　　「爸爸，當我們回到家時，你應該直接上牀睡
覺呢。」看着疲憊不已的父親，Mo 仔對他打趣道說，
「你今天冒險得太多了！」